Recherches

historiques et philosophiques

sur l'amour

1807

RECHERCHES

HISTORIQUES ET PHILOSOPHIQUES

SUR

L'AMOUR ET SUR LE PLAISIR.

RECHERCHES
HISTORIQUES ET PHILOSOPHIQUES
SUR
L'AMOUR
ET SUR LE PLAISIR.
POËME.

PAR ***********,

M. D. L. I. D. F.

PARIS,

DENTU, Imprimeur-Libraire, rue du Pont-de-Lodi, n.° 3.

M. D. CCC. VII.

CHANT PREMIER.

Je ne viens pas chanter et célébrer l'Amour,
Je veux en rechercher les effets et les causes,
L'étudier dans ses métamorphoses,
L'analyser, le peindre tour-à-tour;
Sur l'églantier je veux greffer les roses.

Galant Ovide, et vous gentil Bernard,
D'un jeu d'enfant vous avez fait un art;
Mais vos leçons, bonnes pour les ruelles,
N'ont rien appris qu'on ne sût avant elles.
Vous avez dit, sage et docte Buffon,
Qu'en fait d'amour le physique est seul bon:
Vous eûtes tort, et le chantre d'Astrée
Eut tort aussi, quand sa muse éthérée
Du froid Lignon peupla les tristes bords
D'esprits bergers qui n'avaient point de corps.

Du Créateur la sagesse profonde

D'êtres divers ayant peuplé le monde,
Leur dit : CROISSEZ, MULTIPLIEZ; c'était
Dire en deux mots, et par un ordre net,
Faites l'amour sur la terre et dans l'onde.
On le fit; mais, que fût-il arrivé,
Si par devoir, par pure obéissance,
A son semblable on eût donné naissance?
De ce décret bien ou mal observé,
De l'univers dépendait l'existence.

Pour assurer les races à venir,
Le Tout-puissant inventa le Plaisir,
Aimant certain, moteur irrésistible,
Que suit la brute, et que l'homme sensible
Sut ennoblir; ainsi dans ses décrets,
Dieu lia l'être au joug de ses bienfaits :
Il dit un mot, la volupté féconde
Perpétua la naissance du monde
Et cette loi si douce et qui suffit,
Prouve un Dieu mieux que Clark et Nieuwentit.

Des esprits forts et d'assez beaux génies

Ont démontré, sans le persuader,
Que du hasard les chances infinies
Ont dans le tems très-bien pu s'accorder,
Pour former l'eau, le feu, l'air et la terre,
Et partant l'homme et tout ce qu'elle enserre.
Soit; mais cet ordre et cet accord heureux,
Qui sut lier le Plaisir amoureux
A l'acte brut, qui féconde et fait naître,
Convenez-en, ce fut un coup de maître,
Un fait exprès; votre aveugle hasard
N'a point le droit d'y réclamer sa part;
Et cette règle inexplicable, étrange,
Qui de l'espèce arrêtant le mélange,
A décidé que de l'ardent mulet
L'organe altier resterait imparfait;
Et cette loi qui plaça la tendresse
Pour ses petits au sein de la tigresse,
Il faut voir là, dans la cause et l'effet,
L'ordre suivi d'un système complet.
Ainsi l'Amour, de céleste origine,
Toujours fidèle à sa source divine,
De l'univers constant réparateur,

En fut nommé le second créateur.

Mais cet Amour d'une si pure essence,
Fut composé d'une double substance.
Ainsi que l'homme il est esprit et corps,
Les séparer c'est briser leurs ressorts,
Leur union n'admet pas le divorce;
Par l'ame émus les sens ont plus de force,
Et par les sens, l'imagination
Monte, s'exalte, et devient passion,
Sentiment fier, vif, emporté, terrible,
A qui tout cède, à qui tout est possible,
Qui dans la brute est un feu dévorant,
Dont la nature a fixé le moment;
Mais qui dans l'homme, arbitre de son être,
Est un sujet aux ordres de son maître,
Bien que par fois le sujet révolté
Du souverain brave l'autorité.

Tel est l'état de l'homme encor sauvage,
L'amour en lui n'est qu'un instant d'orage,
Feu passager allumé par les sens,

Et sa compagne à peine le partage ;
Les doux égards, les tendres sentimens,
Les souvenirs, les propos caressans,
L'homme des bois en ignore l'usage.

L'homme barbare, être dégénéré,
Réduit l'amour au plus vil esclavage,
Caresse en maître et commande à son gré,
De ses plaisirs le sot apprentissage ;
Amant despote et redoutable époux,
Tyran craintif, soupçonneux et jaloux,
De son repos il n'a qu'un triste gage,
Son grand eunuque ou ses larges verroux.

Ainsi par-tout où l'homme est sans culture,
Le sexe faible en servage est réduit.
L'un le dédaigne et l'autre l'asservit ;
Et cet état d'abandon ou d'injure
Ne fut jamais un état de nature.
L'état de l'homme est la société :
Cet âge d'or que l'on a tant chanté,
Et qui jamais n'exista qu'en peinture,

N'a commencé qu'avec l'urbanité.
Les lois, les arts, les talens, la parure,
Les dons acquis, le goût, la propreté,
Ont fait les mœurs ; car sans moralité,
L'Amour n'est plus que Vénus sans ceinture.

Mais aussitôt qu'il fut civilisé,
L'homme abdiqua cet inutile empire,
Dont sans profit il avait abusé.
Il fallut plaire, intéresser, séduire,
Pour obtenir un aveu refusé.
L'Amour alors naquit d'un doux sourire,
Et de ce jour son règne commença ;
Tout obéit aux lois qu'il annonça,
Et de ces lois telle fut la première :
« Le sexe fort du faible dépendra. »
De ce moment tout changea de manière ;
L'homme amoureux ne crut pas tout permis ;
Il attaqua, mais en amant soumis.
L'Amour ouvrit ou ferma la barrière,
Et le vainqueur fut toujours désarmé.
La beauté libre, indépendante et fière,

Vengea les droits de son sexe opprimé ;
La force enfin ne fut plus redoutable ;
Pour être heureux il fallut être aimé ,
Pour toujours l'être il fallut être aimable.

Mais pour lutter , et même avec son cœur ,
La femme obtint un don de la nature ,
Don précieux , charmante et frêle armure ,
Qu'en la brisant adore le vainqueur ;
C'est l'imposante et naïve pudeur
Qui , motivant sa molle résistance ,
Donna , retint , et rendit l'espérance ,
Dont la réserve appela le desir ,
Promit l'amour et doubla le plaisir ,
Et qui depuis par un doux artifice ,
Sert quelquefois de prétexte au caprice ,
Quand pour fixer un amant désiré ,
Il le rappelle et l'éloigne à son gré.
La sensitive active et délicate
S'éloigne ainsi de la main qui la flatte ;
Puis échappant au nœud qui la retient ,
Si le danger s'éloigne , elle y revient.

Cet art fut lent; dans les tems héroïques
On ne voit guère un héros amoureux ;
Tous ceux d'Homère, avec les mœurs antiques,
Ne sont galans ni tendres ; chacun d'eux,
Le soir venu, retiré dans sa tente,
Fait près de lui coucher sa gouvernante.
Achille en pleurs, laisse aller Briséis ;
Agamemnon fait partir Chryséis ;
Le vieux Nestor, après boire, à son aide
Fait dans son lit venir son Hécamède. [2]
La belle Hélène, entre ses trois maris,
De ses faveurs sait partager le prix ;
Et dans l'Olympe, arrangé par Homère,
L'Amour n'a point de place avec sa mère.

Alors ce dieu n'était pas encor né : [3]
Fils du Loisir et de la Politesse,
Il ne parut qu'aux beaux jours de la Grèce,
Et puis dans Rome au siècle fortuné,
Qui vit d'Auguste étendre la puissance,
Le front de myrte et de roses orné,
Et par Virgile à la cour amené.

Il essaya les jeux de son enfance.
De sa Didon séducteur dangereux,
A ses dépens faisant sa cour au maître,
Il la livrait à son pieux ancêtre,
Amant dévot et guerrier scrupuleux,
Qui la quitta bientôt pour chercher mieux,
En s'excusant sur l'ordre de ses dieux.
On voit alors dans ce chant quatrième,
(Qui vaut lui seul le reste du poëme)
Et le délire et les emportemens,
Et les fureurs qu'éprouvent les amans,
Lorsque Didon, bacchante échevelée,
Court par la ville, invoque à son secours,
Non plus les dieux garans de ses amours,
Non d'un époux la couche désolée;
Mais évoquant tous les dieux des enfers:
« Venez, dit-elle, ô pâles Euménides!
« Poursuivez-les sur leurs vaisseaux perfides,
« Ouvrez pour eux les abymes des mers,
« Attachez-lui vos serpens homicides;
« Que de ma cendre il naisse des vengeurs! »
Ainsi disait la Didon de Virgile,

Aux mœurs de Rome accommodant son style,
Et pour lui plaire employant ses couleurs.
Long-tems avant, Arianne abusée
Plus doucement se vengeait de Thésée;
Et sans se perdre en regrets superflus,
Se consolait avec le dieu Bacchus:
Douce vengeance, et dans cette peinture
On se revoit plus près de la nature.

Tout changea donc en ce siècle galant,
Voluptueux, débauché, mais brillant.
Le bon Horace, et le tendre Tibulle,
Virgile, Ovide, et Properce et Catule,
Chez Mécénas en de joyeux festins,
Chantaient en vers élégans et badins,
Ou les faveurs de l'auguste Julie,
Ou les plaisirs de Glicère et Délie;
Philosophaient sur le dieu des jardins,
Et célébraient les amours clandestins,
Qui remplaçaient l'amour de la patrie
Chez les heureux et serviles Romains.
C'était encor de la galanterie,

L'Amour riait de leurs jeux libertins.

Bientôt après, aux boudoirs de Caprée,
Vénus rougit d'être déshonorée,
Quand d'un César la lascive fureur,
Pour la souiller, recherchait la pudeur,
Outrageait tout, et l'homme et la nature.
L'Amour s'enfuit de cette rive impure,
Et ne revint qu'un moment chez Titus;
Mais étonné de ses hautes vertus,
Et peu charmé d'un si beau sacrifice,
Il emmena la reine Bérénice,
Promettant bien de ne revenir plus.

Long-tems après, par un autre caprice,
Ou s'ennuyant aux champêtres séjours,
On le revit paraître dans les cours.
Des empereurs nommés avec justice
Du bas empire, il s'y trouva fort mal.
Ne voyant là physique ni moral,
Le jeune dieu se jeta dans l'intrigue;
Et s'occupant de cabales, de brigue,

Fin courtisan, se ménageant l'accès
Dans le conseil, au prétoire, au palais,
Assez souvent s'en tirant à merveille;
Tel à Bizance il est peint dans Corneille:
De maint état tenant le gouvernail,
L'Amour régit et gouverne la scène,
Tant qu'occupé de ce noble travail,
Malgré les Grecs et les larmes d'Irène, [4]
Mahomet vint qui le mit au sérail.

Il s'échappa, prit son vol à l'Olympe;
Il en trouva tous les palais déserts;
Des moines grecs et des nymphes en guimpe, [5]
En occupaient tous les réduits divers.
Dans Amathonte, à Paphos, à Cythère,
Tous les autels élevés à sa mère
Sont abattus, les temples renversés,
Et de leurs noms les chiffres effacés. [6]
Le pauvre enfant ne sachant plus que faire,
Reprit son vol, et planant dans les airs,
Sur le destin de cent peuples divers,
Il vit le nord et ses hordes barbares,

Vers le midi se poussant à grands flots ;
Vandales, Huns, Alains, Bourguignons, Goths,
Race ébauchée aux plaines des Tartares,
Dont la laideur et les formes bizarres
Effarouchaient l'Amour et le Plaisir.

A l'occident portant au loin la vue,
Il vit les lieux qu'Ossian fit fleurir ;
Où dans Morven, svelte, fraîche, ingénue,
Aux yeux d'azur, la Beauté demi-nue,
Sur le rocher chantait ses souvenirs,
Ou l'arc en main, légère et court vêtue,
Sur la bruyère égalait les zéphirs.
Mais Ossian, et Fingal et les belles,
Et les héros, les bardes avec elles,
Ont disparu. Déjà depuis long-tems,
Des fiers Saxons, des Danois, des Normands,
Les fils d'Oscar sont devenus la proie;
Chez eux plus d'arts, et plus de liberté,
« Et plus d'amour, et partant plus de joie. »
Tournant à gauche et volant de côté,
L'Amour plana sur notre Gaule antique,

Dont nos ayeux, chevelus habitans,
Moitié Romains et l'autre moitié Francs,
Se réveillaient du sommeil léthargique,
Dont ils dormaient sous leurs rois fainéans.
En traversant cette terre Celtique,
Il dit : « Passons, ils sont encor enfans;
« J'y reviendrai quand ils seront plus grands. »

Il découvrait ces colonnes fameuses,
Du monde ancien limites merveilleuses,
Qu'Alcide un jour terminant ses travaux,
Donna pour borne à des mondes nouveaux.
Là sur les bords des rives opposées,
Deux nations à demi policées
Vivaient en paix; l'une sous les Romains,
Et dans leurs camps valeureuse, guerrière,
Sur ses vaisseaux industrieuse et fière;
L'autre établie aux climats africains,
Du Musulman adopta la croyance,
Et par l'arabe aux sciences instruit,
Polit ses mœurs et forma son esprit.

L'Amour voulant rétablir sa puissance,

Et méditant entre eux une alliance,
Songea comment il avait autrefois
Changé le sort des peuples et des rois.
Dans tous les tems il prit la même voie.
Le rapt d'Hélène avait renversé Troie,
Et pour Lucrèce on chassa les Tarquins;
Des magistrats, tyrans républicains,
Avaient osé violer Virginie;
Le peuple s'arme et du décemvirat,
Le même jour, la puissance est finie;
Rome à l'Amour a dû le tribunat.

CHANT II.

Oh ! si jamais au temple de Mémoire ,
L'Amour daignait écrire notre histoire ,
Que de hauts faits , de grands événemens ,
De notre orgueil illustres monumens !
Nous paraîtraient des jeux de son enfance.
A Rome , en Grèce et souvent même en France ,
Arrêts des cours , et beaux édits royaux ,
Choix de ministre , ou bien de généraux ,
Traités de paix et pactes d'alliance ,
Décrets fameux de guerre ou de finance ,
Délibérés sur le chevet du lit ,
Sont émanés des plaisirs d'une nuit !

Alors régnait sur l'une des Castilles ,
Certain roi goth , Roderic appelé , [8]
Prince galant , qui pour s'être mêlé
Un peu trop haut d'affaires de famille ,
Avec les grands s'était souvent brouillé ,

Traitant l'amour comme une fantaisie.
Un de ceux-là, préfet d'Andalousie,
Grand général, le comte Julien,
Très-renommé dans le monde chrétien,
Quitta la cour pour commander l'armée,
Il y laissa sa fille bien-aimée,
Sa fille unique; et dans un bal de nuit
Don Roderic la vit, l'aima, la prit
Un peu de force, à ce que dit l'histoire.
Tout l'occident aussitôt est troublé.
L'Amour, témoin d'une action si noire,
Voulut du moins s'en servir une fois,
A ses desseins rendre le crime utile,
Faire un exemple et rétablir ses lois.
Il part, il vole, il arrive en Sicile.
Là, dans les flancs de l'Etna sulfureux,
De la Vengeance est le palais affreux;
Son effroyable et savante structure
Doit tout à l'art et rien à la nature;
Pour l'aborder tous chemins sont ouverts,
Mais tous obscurs, tortueux et couverts;
Sur cent piliers de formes inégales,

S'étend la voûte en roches collossales :
Dans ce palais feignant d'être en prison,
Sur son autel elle semble enchaînée ;
Mais à ses pieds la noire Trahison,
L'œil attentif, à veiller condamnée,
Tient les stylets, les torches, le poison,
Tranquille, attend que l'heure soit sonnée.
La vieille Haine aux regards irrités,
Se tient debout et médite en silence.
L'Espoir ardent, la lente Patience,
Sont auprès d'elle assis à ses côtés ;
Mais aussitôt qu'on voit l'Amour paraître,
Tout a fléchi sous son autorité,
Et la Vengeance a reconnu son maître.
« Viens, j'ai compté sur ta fidélité,
« Et mon pouvoir a besoin de ton aide,
« Suis moi, dit-il. » D'un vol précipité,
Ils vont tous deux aux remparts de Tolède.

Là, renfermé, Julien furieux,
De son affront y dévorait l'injure ;
Pour un moment cédant à la nature,

Un sommeil lourd avait fermé ses yeux ;
Près de son lit la Vengeance héroïque
Se montre à lui sous les traits d'un guerrier ;
De Mahomet l'étendard prophétique
Est dans ses mains, et le turban altier
Couvre son front. Julien entend crier :
« Chrétien tu dors, et ta fille outragée,
« D'un lâche roi n'est pas encor vengée ;
« Porte la vue au rivage africain,
« Vois-y le Maure armé pour ta querelle,
« Cours le chercher, ramène le soudain,
« Livre lui tout, ports, ville, citadelle :
« Contre les jours d'un lâche suborneur,
« Tout est permis à qui venge l'honneur. »
Bientôt le Maure arrivant en Espagne, 9
S'en empara dans la même campagne,
Et le roi Goth dans les champs de Xeres,
Vit ses guerriers abattus et défaits,
Perdit, fuyant, la vie et la couronne,
De son forfait reçut ainsi le prix.
Enfin sa veuve, appelée Egilonne,
Nous dit l'histoire, au jeune Abdélasis,

Fils de Moussa, qui monta sur le trône,
Donna sa main; des deux peuples unis
Par un traité, cet hymen fut le gage;
L'Amour sourit contemplant son ouvrage,
Et de ce jour il data ses édits.

Du sang mêlé de l'Ibère et du Maure,
Naquit un peuple élégant et poli;
Ainsi souvent dans les jardins de Flore,
Un germe heureux sur sa tige ennobli,
D'un plant voisin que l'art a fait éclore,
Reçoit les sucs dont il est embelli.
Bientôt épris des belles Andalouses,
Le Musulman, vainqueur, mais généreux,
Sensible et fier, jaloux, mais amoureux,
N'eut plus d'esclave, il se fit des épouses,
Et dans leurs bras connut la volupté,
Qu'il ignorait, et n'avait point goûté
Dans ses harems auprès de ses servantes,
Sous leurs sultans machines caressantes;
Le peuple aussi ne s'en trouva point mal,
Il resta libre en son pays natal,

On respecta les mœurs de l'indigène,
Du nouveau joug il sentit peu la gêne;
Car entre nous, de tous les vrais croyans,
Ces bons Turcs sont les moins intolérans;
Ils vont chez eux récitant leurs rosaires,
Sans rien changer à ceux de leurs voisins,
Dont il advint que vivant tous en frères,
L'hymen bientôt les rendit tous cousins.
Bientôt aussi le luxe asiatique
Apprivoisa ces conquérans d'Afrique,
Quand Abderame, appelé de Damas,
Vint proclamer sa fière indépendance,
Et dans Cordoue assurant sa puissance,
Nouveau calife en ses nouveaux états,
Y fit fleurir les arts et la science,
Les féconda par sa sage influence,
Embellit tout, et fit de ses soldats
Des chevaliers. Cependant ceux d'Espagne,
Braves chrétiens, fidèles à leur roi,
Se retranchaient de montagne en montagne
Et défendaient leur pays et leur foi.
Dans ces combats de famille à famille,

De proche à proche et ville contre ville,
Les vieux amis et les jeunes amans,
Casqués, bottés, toujours courant les champs,
Se rencontraient dans les courts intervalles
Que leur laissaient les discordes fatales.
On se parlait des voisins, des parens,
Sans se haïr on apprit à combattre,
On se battit parce qu'il faut se battre;
Puis au retour devenus courtisans,
Chacun revint courtiser son amie,
Faire sa cour, Chrétien ou Musulman,
A son seigneur; et ce mot, courtoisie,
Fut inventé. Le chevalier courtois
Fut un guerrier fier, intrépide, aimable,
Généreux, noble et servant à-la-fois
Dieu, son pays, et sa dame et ses rois;
De l'opprimé défenseur secourable,
L'Amour régla ses devoirs et ses droits,
Il eut son code et l'honneur eut ses lois.

L'Europe alors était encor barbare.
Déjà l'Espagne avait eu ses héros,

Dignes aïeux des Cortès, des Pizarre,
Francs ennemis et généreux rivaux;
Les Abderame, Almanzor et Pélage,
Gonzalve, Alphonse et ce Cid amoureux,
Par sa valeur, par Chimène fameux,
Qu'Amour donna comme un modèle heureux,
Aux chevaliers, aux amans de son âge.
Ces souverains Maures et Musulmans,
Voués au Dieu qui fonda leur puissance,
Furent toujours des modèles d'amans,
Traitant son culte avec magnificence.
Jeux, courses, bals, joutes, festins, tournois,
Tout de l'Amour annonçait la présence,
Observateurs exacts, et de ses lois
Pratiquant tout et même la constance.
Tel, un d'entr'eux, (c'est Abdérame trois),
Fut amoureux pendant toute sa vie,
De Zéhera son esclave jolie,
Pour elle orna de superbes palais,
Pour elle encor fit bâtir à grands frais,
Près de Cordoue, une ville embellie
De l'or, du jaspe et des marbres d'Asie,

Temple d'Amour qu'ensuite il décora
Du nom chéri, du nom de Zéhera.
Ce nom traduit nous a donné Zaïre,

Tout occupé des soins de son empire,
Législateur, amoureux, conquérant,
Pontife sage, et souverain galant,
Ce bon calife eut encor un mérite,
C'est celui d'être en amour tolérant.
Le trait suivant mérite qu'on le cite :
Dans un accès d'humeur, la favorite
Court s'enfermer dans son appartement,
Et protestant dans l'excès qui l'emporte,
Qu'elle en verra plutôt murer la porte,
Que de l'ouvrir à son royal amant.
Epouvanté d'une telle hardiesse,
Le grand eunuque accourt vers sa Hautesse,
Qui sans humeur lui dit en souriant :
« A mon trésor allez à l'instant même,
« Murez sa porte en beaux écus d'argent,
« Et dites-lui que j'ai fait le serment
« De respecter sa volonté suprême ;

« Je n'entrerai que lorsqu'il lui plaira
« De démolir le mur qui nous sépare,
« Et j'attendrai que sa main s'en empare. »
Dès le soir même elle s'en empara,
Défit le mur et le calife entra.

Huit siècles pleins cet empire dura,
Puis il passa, comme il faut que tout passe;
Mais cependant durant ce long espace,
L'esprit, le goût, les mœurs, tout s'épura;
L'Amour y fit des peintres, des poëtes,
Par eux nous vint le goût des chansonnettes,
Nous leur devons ces contours gracieux,
De l'arabesque effort ingénieux,
Les contes bleus, la romance plaintive,
Et du rondeau la simplesse naïve;
Tous ces récits d'enchanteurs, de géans,
De châteaux forts, de paladins errans,
Contes d'amour et de chevalerie,
Ingénieuse et riante féerie,
Ont dans Grenade eu leur commencement.

Il fut charmant ce peuple de Grenade,

Faisant sans cesse et la guerre et l'amour,
Prompt aux tournois, au bal, à l'escalade,
Franc cavalier et de nuit et de jour,
Adorateur ardent de ses maîtresses,
Aux dents d'ivoire, aux noirs et longs cheveux,
Au fin corsage, au teint lisse, aux doux yeux.
Petites, mais pleines de gentillesses,
De feu, d'esprit, de grâce, de finesses,
Telles les peint un écrivain fameux,
Poëte Arabe, et sans doute amoureux.

Sur ces enfans et d'Europe et d'Afrique,
L'Amour régnait, mais régnait par les sens,
Peu de morale, point de métaphysique :
On jouissait, mais ces grands sentimens,
Qui font le nœud et l'ame des romans,
Etaient chez eux rarement en pratique.
Dans tous les tems quand les dieux et les rois
Ont prétendu qu'à leur gré tout se change,
Leur habitude est de jeter l'orange,
Après l'avoir pressée entre leurs doigts ;
De ce secret on se servit encore,

Pour une fille on fit venir le Maure,
Pour une femme on le fit renvoyer.

Leur dernier roi voulut répudier [10]
Sa digne épouse Arabe et Musulmane,
Et tout cela pour une Castillane
Chrétienne esclave ; on se mit à crier
De tous côtés, à l'alarme, au scandale,
Au rénégat ; bientôt le peuple entier
S'arme, s'émeut, la discorde fatale
Divise tout, les tribus, les amis :
On délibère, on résout, on conspire,
Tant qu'au milieu de ce double délire,
L'Espagnol vient, chasse les deux partis,
Reste le maître et finit la querelle.

Alors régnaient Ferdinand, Isabelle,
Royaux époux qu'Amour avait unis ;
Sur leur exemple à la cour, à la ville,
Tout se forma selon le nouveau style,
L'amour se fit avec la dignité,
La sérieuse et noble gravité,

Qui convenaient aux héros de Castille.
Le Maure était plus amant qu'amoureux,
Servant gaiement sa Maurisque gentille ;
L'Espagnol fut tendre et respectueux,
Adorateur soumis, esclave heureux,
De recevoir et de porter la chaîne
De la beauté qu'il fit sa souveraine,
Amant parfait, chérissant son lien,
N'espérant guère et ne demandant rien ;
Sur la guitare, au bas de sa fenêtre,
Il va chanter son tourment, son ardeur.
Sur le balcon s'il peut la voir paraître,
Il se retire enivré de bonheur,
En son honneur prêt à rompre sa lance ;
Un bracelet, une écharpe, un ruban,
Ou la faveur d'oser baiser son gant,
A son retour seront sa récompense.
Gardien fidèle, exact et scrupuleux,
Des saintes lois qu'impose le mystère,
L'Espagnol seul, discret et généreux,
Sut à-la-fois être heureux et se taire.
L'amour ailleurs fut un emportement,

Chaleur du sang, délire, frénésie,
Quelquefois goût, trop souvent fantaisie,
Ou bien caprice, ou même arrangement.
Chez l'Espagnol il fut idolâtrie,
Il fut un culte et du cœur et des sens ;
Au même autel on brûlait son encens
Pour la beauté dame de ses pensées,
Divinité dont les commandemens
Réglaient en tout ses ardeurs empressées ;
A cet autel s'il devient son époux,
Le lendemain il est mari jaloux.

Tant de respect et de cérémonies
Sont fatigans et lassent à la fin.
Dans une fête un jour aux Asturies,
L'Amour bâillait, il entendit au loin
Des galoubés, un fifre, un tambourin,
D'un chant joyeux la bruyante harmonie,
Et des couplets qu'on chantait en refrein ;
C'était la gaie et vive compagnie
Des amoureux et gentils troubadours ;
Ils arrivaient chantant, dansant toujours,

Des doux climats de la belle Provence ;
Ils projetaient faire leur tour de France :
Et près des monts, la curiosité
Les avait fait passer de ce côté
Sans s'arrêter ; mais la bande joyeuse
Plut à l'Amour ; il s'enrôla, partit,
Et la servit souvent de son crédit,
Lui procura plus d'une nuit heureuse :
On s'en allait de châteaux en châteaux,
Payant son gîte en jolis madrigaux,
En lays d'amour, en tendres pastourelles,
En célébrant et les preux et les belles,
En inventant des sujets de romans
Qu'on achevait quelquefois avec elles ;
Puis *des tensons* ou disputes d'amans,
Thèses d'amour et galantes querelles,
Où s'agitaient cent questions nouvelles
Sur l'inconstance et la fidélité,
Sur les devoirs d'un amant bien traité,
Sur ses devoirs à l'égard des cruelles,
Et même encor envers les infidèles ;
Puis des châteaux on allait dans les cours,

Où s'enrôlait maint noble personnage ;
Souverains, ducs, seigneurs de haut parage,
Princesses même, et leurs dames d'atours
Venaient s'inscrire au rang des troubadours.

Par eux en France, à la chevalerie
Vint se mêler plus de galanterie ;
Dans les plaisirs, grace à leur compagnon,
On mit plus d'art, plus de goût, plus d'adresse,
Et dans les choix plus de délicatesse.
Le sentiment, déguisé sous le nom
D'amitié pure et de pure tendresse,
En prit l'accent, et le voile et le ton.
On fit serment de s'adorer sans cesse :
On se trompa ; mais on crut tout de bon,
En la faisant, qu'on tiendrait sa promesse.

L'exemple vint de la cour et des rois ;
On ne vit plus d'obscures concubines,
Au lit du maître esclaves libertines,
Servir sans rang, sans honneurs et sans droits ;
Les souverains avouèrent leurs choix.

Diane, Etampe, Agnès Sorel, d'Etrées,
D'un amant roi maîtresses honorées,
Tinrent sa cour, et même quelquefois
Adroitement y dictèrent ses lois.

Renouvelant le beau siècle d'Auguste,
Louis-le-Grand, fils de Louis-le-Juste,
Brillant, beau, jeune, élevé par l'Amour,
Le fit asseoir sur son trône; en retour
Il en obtint la volupté suprême,
D'être choisi, d'être aimé pour lui-même;
Chose très-rare aux amans qui sont rois.
Sage, modeste et libre dans son choix,
Simple et sans art, la jeune La Vallière
Suivit son cœur et l'aima la première.
Grace au mystère, il sut tout arranger;
Et prince heureux fit l'amour en berger.
Le courtisan, dès qu'il sut que le maître
Chez sa maîtresse entrait par la fenêtre,
Et respectait la décence et les mœurs,
Tout aussitôt les mœurs et la décence
Furent de mode et respectés en France,

Bien qu'on y fit ce qu'on faisait ailleurs.
Par les égards dus à la bienséance,
On fut discret, on sauva l'apparence,
Sans mieux valoir on en parut meilleurs.

Déjà l'Amour avait cette importance
Que lui valut en affaire d'état
Ce cardinal galant et magistrat,
Tribun plaisant du parti de la fronde;
Quand une dame, officier général, [11]
Dictait son ordre et donnait le signal
De ces combats dont riait le beau monde,
Et qu'on faisait, pour *plaire à ses beaux yeux*,
La *guerre aux rois qu'on aurait faite aux dieux*; [12]
Mais aussitôt que Louis en personne
Voulut porter son sceptre et sa couronne,
Et que, lassé d'un bonheur trop égal,
Se conduisant en digne amant royal,
Il eut laissé sa douce et tendre amante,
Dans un couvent, contrite et pénitente,
A leur devoir aisément il rangea
Tous ses sujets; mais l'Amour se vengea.

Mainte rivale altière, impérieuse,
Bien intrigante et bien capricieuse,
Se disputa les honneurs du boudoir,
Et du crédit, avant tout amoureuse,
Du grand Louis fatiguant le pouvoir,
Au cabinet trompa son doux espoir;
Plus d'une fois, tête à tête le soir,
Il eut regret à sa religieuse;
Pour l'achever, l'hymen qui s'en mêla,
D'une dévote à minuit l'affubla;
Amour le vit, en rit et s'en alla.

Par passe-tems ou par reconnaissance,
Il voulut voir cet Hercule du nord, [13]
Ce roi saxon, cet Auguste si fort,
Si renommé pour sa haute éloquence
En fait d'amour; ce fut en sa présence,
En une nuit par un sublime effort,
Qu'au grand Maurice on donna l'existence.

L'Amour ainsi quelque tems voyagea;
Puis de retour au tems de la régence,

En arrivant de cette longue absence,
A son plaisir il se dédommagea ;
Et la contrainte amenant la licence,
On prétendit, comme on l'a dit fort bien,
Rire de tout pour ne rougir de rien.
Tous ces égards, convenances publiques,
Furent traités de maximes gothiques ;
On renvoya la décence aux bourgeois,
Et la pudeur aux femmes de la ville ;
Le régent prince et son ami Dubois,
Ce cardinal en ressources fertile,
Fut du palais, de l'Etat à-la-fois,
Et des plaisirs, premier ministre utile.
En soupers fins, en petites maisons,
En négligé, sans rouge et sans livrées,
Les gens de cour et les dames titrées
Vinrent former ces promptes liaisons
Que voyaient naître et finir les soirées.
Puis on en vint aux filles d'opéra :
Le bon air fut d'acheter ses maîtresses,
De payer cher leurs bannales caresses ;
Le changement enfin qui s'opéra,

Fut tel qu'on vit s'établir en système,
Ce que jadis on n'eût point avoué;
On s'honora du titre de *roué*,
Mot inventé par la délicatesse
Pour désigner l'homme qui n'en a plus.
Un faux cinisme affectant la rudesse,
Fit une secte; et pour être reçus,
Les candidats durent prouver noblesse
Et mériter la faveur d'être élus.
L'un instruisit et prêta sa maîtresse
Pour bien prouver qu'il ne tenait à rien.
L'autre, en riant, rompit un doux lien,
Et quitta net l'objet de sa tendresse
Pour se donner l'air d'un stoïcien.
On vit alors et ces lettres-de-change,
Et ces billets payables aux porteurs,[14]
Où par gaîté dans un plaisant échange,
On trafiquait du plaisir et des mœurs.
L'exemple enfin venant du trône même,
L'Amour gémit et perdit tout espoir,
Alors qu'il vit ce Louis le quinzième,
Du parc au cerf arrangeant le dortoir,

Y préparer ses recluses novices
Aux jeux royaux, aux galans exercices,
Dont la recherche et les savans essais
Devaient charmer le sultan des français.

Un jour il prit pour favorite en titre, [15]
Et déclara maîtresse du palais,
Cette beauté dont les nombreux succès
Avaient souvent tenu dans ses filets
Le rabat, l'aune, et le casque et la mitre.
Son joli nom, l'Ange, s'est oublié,
Noble comtesse, elle a son étiquette,
La cour en cercle assiste à sa toilette,
Un grand prélat chausse son joli pié,
Et la duchesse y devient la soubrette.
L'œil enflammé, tout fier de son emplette,
Le vieux Louis . . . . . l'Amour en eut pitié :
Il suscita dans son peuple un prophète
Qui ramena ce troupeau fourvoyé.
Jean-Jacques vint, Emile avec Sophie, [16]
Claire, Saint-Preux et la tendre Julie,
Firent parler la morale en romans :

Tous les devoirs des époux, des amans
Et des amis, ceux de mère et de fille,
Et sur-tout ceux des pères de famille,
Furent prêchés en jolis rudimens :
La jeune dame allaita ses enfans;
Le jeune époux osant aimer sa femme,
N'en craignit plus le ridicule blâme :
De la nature on eut les sentimens,
Même en amours; on aima plus long-tems,
On couvrit mieux une coupable flamme;
Et Saint-Lambert, le doyen des amans,
Fut respecté même des jeunes gens.

CHANT III.

Belle Vénus, vous donnâtes au monde
L'esprit, la vie, et sur-tout le plaisir,
Quand un matin, sortant du sein de l'onde,
Voguant au gré de l'amoureux Zéphir
Vous prîtes terre aux îles de la Grèce:
Ce jour heureux y fût un jour d'ivresse;
Et cette nuit, brûlés des mêmes feux,
Tous les mortels dormirent deux à deux.

Les dieux aussi descendirent sur terre;
Ils vinrent tous, d'un regard curieux,
Interroger le pouvoir de vos yeux.
Tous aspiraient à l'honneur de vous plaire;
Tous vous offraient leurs vœux et leurs talents:
Et vous, selon votre heureux caractère,
Vous fûtes bonne; ils furent tous contents.

Ce joli conte est une allégorie:

Ici Vénus est, non pas la beauté
Qui souvent lasse et quelquefois ennuie,
Quand le caprice ou la stupidité
D'un beau contour dérangent l'harmonie.
Vénus ici n'est que la volupté,
Que jeune et pure on nous peint toute nue,
Comme on nous peint aussi la vérité.

Un grave anglais dans un plaisant contraste, '7
A dit : « celui qui n'a jamais été
« Pressé des bras de femme belle et chaste,
« N'a pas encor connu la volupté. »
Mais qu'entend-il par cette chasteté ?
Certes ce n'est ni le vœu ridicule
Que fait la nonne entrant dans sa cellule ;
Ni d'une prude au maintien apprêté
La retenue et la rigidité ;
Ni le néant de l'amour platonique :
L'amour est pur alors qu'il est unique,
Qu'un seul objet tient le cœur arrêté.
Voyez Annette en sa simplicité :
Son cœur qui cède au vœu de la nature

A conservé son ame saine et pure;
Sans embarras, sans crainte et sans rougir,
Elle se livre à l'attrait du plaisir:
Franche et naïve, aucun soin ne la touche,
Hors son amant. La simple vérité
Est dans son cœur, dans ses yeux, sur sa bouche,
Rien n'a gâté son ingénuité.

Voilà l'amour tel qu'il est au village;
D'un autre tems il est la faible image,
Tems conservé dans les fastes d'amour.
Jadis, dit-on, la paisible Arcadie
Fut des pasteurs le fortuné séjour:
Peuple d'amans, et n'ayant tout le jour
D'autre souci, d'autre soin, d'autre affaire,
Que de s'aimer, se le dire et se plaire.
Sous un beau ciel, et dans un doux loisir,
Ils recueillaient les présens de la terre,
Et n'avaient pas besoin, pour en jouir,
De se tenir toujours sur pied de guerre.
Chacun était le roi dans sa chaumière,
Et magistrat dans sa communauté.

L'indépendance avec l'égalité
Formaient leur code et leur science entière ;
Dans les amours peu de rivalité ;
Point de débats, de haines, de querelles,
Tous étaient bons, et toutes étaient belles,
Toutes avaient les grâces naturelles.
Un premier choix rarement rebuté
Se consolait, sans être dépité,
En s'essayant à des amours nouvelles,
Et les amans sur-tout étaient fidèles,
Gagnant trop peu par l'infidélité.

Ce tems fût court, quand l'enceinte des villes
Eut renfermé les passions civiles,
Que l'amour propre et les prétentions
La convenance et les conventions,
En s'éloignant de cette source pure,
Crurent gâter l'œuvre de la nature.
Pour revenir à ce sentier perdu,
On fut forcé d'inventer la vertu ;
Ce qui d'abord était simple et facile
Devint un art pénible et difficile :

De la morale on créa les pouvoirs,
Les sentimens devinrent des devoirs :
L'époux choisi par des parens injustes,
A la tendresse acquit des droits augustes,
Il resta maître, et l'amant préféré
Dut s'éloigner de l'objet adoré.
L'hymen vainqueur, au retour de la messe,
Pour des bijoux acquit le droit d'aînesse.

Dès-lors la femme eut des devoirs plus saints,
Et ses vertus furent des sacrifices;
L'Amour, docile, adorait ses caprices,
L'Hymen donna ses ordres souverains,
Et qui par fois furent des injustices.
L'homme, au contraire, absolu dans ses choix,
De l'amour seul dut connaître les lois :
S'il a choisi, si l'amour dans son ame,
D'un bel objet grava d'un trait de flamme
Le nom, l'image et le charme vainqueur,
Tout doit céder à ce vœu de son cœur;
S'il est amant, son amour est sa vie.
Voyez Sergi demandant sa Sophie, [12]

Rien ne l'émeut, la malédiction
D'un père vieux, l'exhérédation
D'un oncle riche, et rien ne l'épouvante :
« J'ai quinze cents, quinze cents francs de rente ! »
Tout disparaît et tout est oublié.
« Oh ! qu'à ton sort tout mon sort soit lié ;
« Je ne crains plus les peines de la vie,
« Et mon travail nourrira mes enfans.
« Je brave tout, j'aurai quinze cents francs,
« Quinze cents francs de rente avec Sophie. »
Voilà l'amour, ses sublimes élans !
Heureux encor quand son feu légitime
Ne le met pas aux épreuves du crime :
De la beauté le funeste ascendant
Plus d'une fois s'est passé de l'estime,
Et le plaisir subjuguant un amant,
Tyran cruel, tourmente sa victime :
En rugissant sous le joug qui l'opprime,
L'infortuné se débat vainement ;
Un Dieu plus fort le presse et le maîtrise,
Et dans la lutte où son ame s'épuise,
La vertu cède et l'honneur se dément :

Le remords seul reste au fond de son ame,
Seul il résiste à sa fatale flamme,
Seul il l'excuse et double son tourment.

Dans un roman de tragique mémoire,
De Dégrieux vous avez lu l'histoire;
Un seul moment a décidé son sort :
L'amour, la honte, un exil et la mort.
Ni le courroux, ni les larmes d'un père,
Ni les leçons d'un sage et tendre ami,
N'ont sur son cœur, dans le vice affermi,
Aucun pouvoir; les affronts, la misère,
D'une maîtresse adorée et légère,
Les jeux cruels, les infidélités,
Dans un accès de dépit et de haine,
Pour un instant rompent en vain sa chaîne.
Si des malheurs (fussent-ils mérités)
Viennent frapper ce qui fut son idole,
A son secours aussitôt l'Amour vole,
Se déguisant sous le nom de pitié :
Devoir, honneur, tout est sacrifié.
D'un amour vrai, modèle déplorable,

Il va briser ou partager ses fers,
Il va près d'elle au bout de l'univers.
Manon était belle, tendre et coupable,
Manon aimait, manon était aimable,
Sans l'excuser vous plaignez ses revers;
Dans le tombeau vous la voyez descendre,
Et vous donnez quelques pleurs à sa cendre.

Plus digne d'eux, le malheureux Werter,
Des passions exemple mémorable,
Ne survit pas au tourment qui l'accable;
L'hymen ravit tout ce qui lui fut cher,
Et de son cœur la plaie est incurable.
Il est aimé; mais ce faible retour
Ne permet point l'espoir à son amour:
Dans un instant d'égarement, d'ivresse,
Il a ravi quelques vaines faveurs,
Mais dont l'attrait et les fausses douceurs
Ont de son ame augmenté la tristesse:
Il connaît mieux tout ce qu'il a perdu;
Et quand le calme à son ame est rendu,
Il voit qu'au mal dont rien ne le délivre,

Le seul remède est de cesser de vivre.
Si tous ces traits sont tirés des romans,
Il ne faut pas en accuser l'histoire,
Sa vérité, de leurs vains ornemens
N'admettait pas l'appareil illusoire;
Et cet amour, dont ils font tant de cas,
La vérité, c'est qu'il n'existe pas,
Ou que du moins il est chose très-rare:
Heureusement. Quel destin plus bizarre
Que le destin d'un peuple d'amoureux!
Société se formant deux à deux,
Et s'isolant du reste de la terre:
Tel est ce beau qu'on appelle *idéal*,
L'art en a fait un type original,
Dont la nature, en s'éloignant, s'altère.
Il est de même un idéal amour,
Un beau fictif.... mais qui n'est pas sur terre;
Chacun de nous selon son caractère,
Selon les lieux, au village, à la cour,
Du plus au moins s'en éloigne et diffère.
Dans le jeune âge aux premières amours,
On plaît, on aime, on croit aimer toujours.

De bonne foi l'on s'abuse, on se trompe,
Bientôt après on voit qu'on s'est trompé,
La politesse empêche qu'on ne rompe,
A tromper mieux chacun est occupé;
Puis on se quitte avec un peu d'adresse,
Et quelquefois on en vient à ce point,
Sans se quitter, qu'on ne se trompe point.

De tout cela que voulons-nous conclure?
Que l'amour vrai n'est pas dans la nature.
Non; mais l'amour généreux et constant,
Noble en ses choix et dans son caractère,
N'appartient pas au profane vulgaire:
Jeune homme aimable, estimable, élégant,
Femme jolie, agréable et légère,
Ayez des goûts et des amusemens,
Par le plaisir tâchez de vous distraire,
Même essayez les tendres sentimens:
Les passions sont tout une autre affaire;
Les seuls élus entrent au sanctuaire,
Et cet honneur est payé chèrement:
Pour vous l'amour serait trop exigeant,

A son vrai culte il faut trop de constance
Pour convenir à vos esprits légers :
Aux étourdis il prescrit la prudence,
Et la réserve à vos goûts passagers ;
Aux esprits froids il veut l'effervescence,
L'activité pour la lente indolence.
A la sagesse il voudrait des desirs,
Au libertin il défend ses plaisirs ;
Ce qui lui reste est le plus petit nombre,
A l'ame forte, au caractère entier,
Gens peu plaisans de qui l'esprit altier,
Le sens profond et l'humeur un peu sombre,
Veut fortement et ne sait pas plier.
Quand au milieu d'un de ces cœurs d'acier,
Amour se loge, il s'établit en maître,
Dispose tout, s'empare de tout l'être,
S'unit au corps en démon familier ;
Il est son air, son élément, sa vie,
Il est son ame, il est son énergie ;
De ses esprits il tend tous les ressorts,
De son moral il double les efforts.
L'homme animé par sa flamme électrique,

Touche, et d'abord son feu se communique :
Tels amans sont rarement éconduits,
Leur assurance obtient le privilége,
Dans leurs desirs d'être peu contredits,
Et leur vouloir assez souvent abrège
Les longs délais à tous autres prescrits ;
Il prend d'assaut les places qu'il assiège.

Ce don brillant, c'est sur-tout au guerrier
Qu'il appartient : Mars plait à Cythérée,
Son bras nerveux, son large baudrier,
Son noir sourcil, son armure dorée,
Cet appareil, et ces airs menaçans,
Son regard fier, ne sont plus imposans ;
Autour de lui ces jeux d'amours enfans
Disent assez qu'il n'est plus redoutable ;
L'un a saisi sa lance formidable,
Nouveau Centaure, et s'en fait un coursier ;
L'autre à l'abri du vaste bouclier,
Se tient couvert, et de son embuscade,
D'un œil furtif guette son camarade :
Deux sont coîffés du casque étincelant,

Et tous du Dieu désarmé pièce à pièce,
En se jouant insultent la faiblesse;
Voyez l'Albane et son tableau charmant:
Vous qui peignez l'Amour dans un roman,
Votre héros doit être un militaire,
Jeune, élégant, et n'ayant d'autre affaire
Que son métier d'amant et de soldat;
Mais supposez le un jeune magistrat,
Aimable, beau, de l'autre digne émule,
Votre tableau deviendra ridicule,
Et les Amours se jouant du rabat,
Et dans les plis de l'auguste simarre,
N'offriront plus qu'un entente bizarre,
Contraste vain des mœurs et de l'état.
L'amant guerrier, boit, chante, aime et se bat,
Et si le bruit du clairon ne l'appelle,
Chez sa maîtresse il est en sentinelle,
Est-elle absente il quitte tout pour elle.
Figurez-vous l'élève de Domat,
Pour ses amours quittant sa clientelle,
Un médecin courant après sa belle,
Et le Traitant ou l'amoureux Prélat,

Pleurant les torts d'une amante infidèle.

Et même encore le guerrier amoureux
Ne doit pas être un amant langoureux ;
C'est par sa force et sa mâle assurance,
Que sur tout autre il a la préférence,
La femme est faible et la force lui plait,
Cet habit bleu, ces plumes, cette aigrette,
Cet œil d'audace assuré de son fait,
Tout ce prestige a le premier effet ;
Plus délicat, à ce droit de conquête
Si vous voulez assurer l'intérêt,
Que cet amant soit généreux, sensible,
Une ame haute, un cœur inaccessible
A tous penser autres que nobles, grands ;
De l'intérêt les soins avilissans,
La basse intrigue aux travaux renaissans,
Les plats devoirs des valets courtisans,
Tout ce détail ennuyeux et nuisible
Avec l'Amour serait incompatible.
Ainsi la flamme épure les métaux,
Et l'Océan, de ses mouvantes eaux

Rejette au loin toute substance impure.

Par son état plus près de la nature,
Dans tous ces jeux de la société,
La femme a pu garder l'égalité ;
Qu'elle soit belle, aimable, qu'elle plaise,
Par son niveau l'Amour met tout à l'aise,
Il réunit la fermière au bourgeois,
Le financier à la triste indigence,
Et la bergère avec le fils des rois,
Et la grisette au haut clergé de France.
Dans sa sagesse Amour le veut ainsi,
Il rétablit au poids de ses balances,
Du préjugé les vaines préséances,
Il rit tout bas quand il a réussi
A niveler ces graves différences,
Et tout est bien : quand de l'objet aimé,
L'homme reçoit les dons de la fortune,
Tant de bonheur à-la-fois l'importune,
Sous les devoirs il se sent opprimé,
Sa fierté souffre, et la femme au contraire,
Jouit des dons que l'Amour sait lui faire;

Son amour-propre est doucement flatté
Du sacrifice offert à sa beauté,
Elle applaudit au pouvoir de ses charmes,
Et si Plutus aussi lui rend les armes,
En se donnant son cœur est acquitté.

Des réglemens de la société,
Sans grands efforts l'Amour ainsi se joue;
Mais ces liens qu'aisément il dénoue,
Sont-ils rivés de par l'autorité,
Contre ce roc tout son pouvoir échoue,
Il est aux fers s'il n'est en liberté.
Dans les filets de l'ordre politique,
L'enfant ailé s'il est pris, se débat,
Mais vainement, sous le joug despotique
Sa volonté serait crime d'état.
Il faut qu'il règne en maître ou qu'il abdique,
Son dévouement serait un attentat,
Il meurt avec la liberté publique,
Et les vertus qui font la république,
Et qu'elle exige, ont pour lui peu d'appas;
Un autre amour y doit avoir le pas,

Et cet amour, qu'on dit patriotique,
Est exclusif, son code n'admet pas
Ces sentimens tendres et délicats,
Dont rougirait l'austérité civique.
La femme encor dans ces libres états,
Loin du conseil, tranquille ménagère,
Fille Spartiate, ou matrone sévère,
A peu le tems de s'occuper d'amours,
Et d'écouter les séduisans discours,
Du sentiment peintures éloquentes ;
Inspire peu les passions brûlantes,
Qui de l'amour excusent les erreurs.
Du tribunat les mâles orateurs
Sont indignés de ces molles faiblesses,
Que leur vertu met au rang des basseses.
Le brave Antoine en cent combats fameux.
Est-il épris de l'amour d'une reine,
Lorsqu'en fuyant Cléopâtre l'entraîne ;
Rien ne l'absout, ne l'excuse à leurs yeux,
Il est proscrit dès qu'il est malheureux ;
Et cependant nous avons vu Turenne,
Dans un moment de délire amoureux,

Trahir l'état, d'un secret dangereux
A deux beaux yeux révéler le mystère :
Nous l'excusons, et Louis généreux
Put l'excuser, ce que n'eussent pu faire
Les justes lois d'un sénat rigoureux.

L'amour se plaît dans l'état monarchique,
Avec l'honneur il sympatise mieux :
Cet honneur né chez les francs nos ayeux,
Fils adoptif, que la vertu publique
En expirant nomma son héritier,
Et qui *gratis* s'est chargé de payer
Ce qu'autrefois cette fille chérie
Par intérêt donnait à la patrie ;
On inventa pour le gratifier
Les chaînes d'or, les rubans, les emblêmes.
L'honneur sourit de ces brillans systèmes,
Même il feignit de s'en glorifier ;
Laissant aux rois l'orgueil du diadême
Et le plaisir de faire leur métier,
En les servant il fit tout pour lui-même.
Mais dans ce pacte il réserva les droits

De l'amitié, de l'amour et des lois.

De l'amitié de Thou périt victime,
Perdit la vie et conserva l'estime.

On aime à voir le fier amant d'Inès, [19]
Inébranlable en sa ferme constance:
Aux volontés d'un maître, à ses décrets
Il opposait sa noble résistance,
La sainteté de ses liens secrets,
Quand un poignard l'en sépare à jamais.
L'amour cruel se livre à la vengeance,
L'atrocité surpasse les forfaits.

Il est cruel aussi dans ses excès,
Lorsqu'en un cœur la sombre jalousie
Des visions porte la frénésie;
L'infortuné soumis à ses accès
Ne voit plus rien qu'à travers un nuage
Dont la vapeur grossit tous les objets;
Tout est pour lui preuve, indice, présage,
Cherchant toujours ce qu'il craint de trouver,

Et ce qu'il craint cherchant à le prouver,
Doutant toujours et ne pouvant rien croire,
Dans ce qu'il lit il lit sa propre histoire :
Le jour l'obsède, il redoute la nuit,
Tout l'inquiète et l'alarme et lui nuit,
Il est puni par sa faiblesse même,
Et son tourment tourmente ce qu'il aime.

Car je suppose un jaloux amoureux,
Mais sans amour; si l'orgueil chatouilleux
Se croit blessé dans un endroit sensible,
Si l'amour-propre exigeant, irascible,
Est attaqué dans sa propriété,
De ce ballon gonflé de vanité
Il va sortir d'effroyables tempêtes.
Pour satisfaire à l'orgueil irrité,
Des dieux du Styx les vengeances sont prêtes,
Le bras d'Hercule et la foudre des cieux
Sont invoqués contre deux jolis yeux,
Dont le forfait peut être imaginaire;
S'il est réel, se punira bien mieux
Par le dédain que par le ton sévère.

Est-elle amante, elle use de ses droits :
Imitez-la; faites un autre choix :
Laissez aux sots la plainte et la colère;
Si par malheur elle est épouse et mère,
Respectez-vous, respectez ces enfans;
N'apprêtez pas à rire à vos dépens :
Mettez la honte à l'abri du mystère,
Peut-être un jour un remords salutaire
Méritera qu'elle... J'ai vu le tems
Où les maris se moquaient des amans.
Convient-il donc que le propriétaire,
Sans la défendre abandonne sa terre,
Quand un voisin, étourdi braconnier,
Viendra chez lui jusqu'à son colombier;
Des droits d'Hymen défenseur secourable,
Soyez jaloux, mais un jaloux aimable :
Tout l'avantage est de votre côté,
Le lieu, le tems et la facilité;
On vous sait gré de toutes vos avances;
Mais n'allez pas, sur les traiteaux monté,
De la morale étaler les sentences.
Avant l'Amour, l'Hymen, son frère, est né,

De cet enfant sans doute il est l'aîné,
Mais non l'ayeul; quand le jeu les rassemble,
Avec plaisir ils se trouvent ensemble,
Et l'un vaut moins de l'autre abandonné.

L'homme en sortant des mains de la nature,
N'avait reçu ni l'instinct, ni l'armure
Dont elle avait pourvu les animaux;
Il était nu, sans arme et sans science,
Mais il reçut en don l'intelligence,
Et de la brute imitant les travaux,
Il s'instruisit par des essais nouveaux,
A leurs leçons joignit l'expérience.
L'adroit castor, charpentier et maçon,
Lui montra l'art de bâtir sa maison;
Sur l'Océan, l'industrieux nautile
Appareilla, de sa frégate agile,
A voile, à rame, enseignant à-propos
L'art d'employer et les vents et les flots.
L'abeille active instruisit les chimistes,
Le géomètre avec les botanistes.
Le ver apprit à filer les habits,

Et la fourmi fit les économistes.
Mais Vénus même à ses oiseaux chéris
Enseigna l'art de se bâtir des nids,
Et l'homme y prit des leçons à tout âge
Sur l'art heureux de bien vivre en ménage.

Dans ces climats, où d'un monde nouveau
Le genre humain est encor au berceau,
Où de tribus au loin disséminées,
Les nations ne sont pas encor nées,
Nos voyageurs ont trouvé l'homme enfant,
Sans toit, sans lois, sans art, timide, errant
Et vagabond; mais unis en familles,
L'ayeul, le père et la mère et leurs filles,
Et leurs enfans, faible postérité,
Sont les essais de la société. [20]
Le voyageur chez ces humains sauvages,
De la nature a trouvé les lois sages.
« L'homme, dit-il, veillait à leurs besoins,
« De leur moitié partageait les ouvrages
« Et les aidait dans ces aimables soins. »
Le joug d'hymen, quand l'amour le partage,

Est plus léger. Je vous prends à témoin,
Vous qui, sauvés des écueils du jeune âge,
Jeunes encor arrivez sans naufrage,
Et près du port, jetez l'ancre au rivage,
Dites-le nous : avez-vous en amours
Trouvé jamais ou des nuits ou des jours
Plus fortunés que cette nuit première,
Qu'hymen vous fit quelque tems désirer?
Jusqu'à seize ans, sous les yeux de sa mère,
La jeune Églé l'avait vu préparer.
Par vos parens destinés l'un à l'autre,
Encore enfans, leur choix suivit le vôtre;
Aucun roman ne vient le différer.
De vos plaisirs déjà l'heure s'apprête,
Autour de vous tout prend un air de fête,
On se rassemble et l'autel est paré;
Le lit d'hymen est déja préparé.
Les dons brillans ont paré sa conquête,
La rose blanche a couronné sa tête,
Et d'une mère un sourire à propos,
L'œil rassurant et quelques demi-mots
Ont détourné cette peur ingénue

Qui veut et craint, lorsque l'heure est venue.
Déja l'Hymen emporte les flambeaux
Et l'Amour rit en tirant les rideaux.
Imitateur de Milton, de Virgile,
Et leur rival, ô vous, Jacques Delille,
Pour un moment prêtez-moi vos pinceaux.
Quand vous versez de « la rose inclinée
« Tous les parfums sur le lit d'hyménée, »
Vous m'aideriez à peindre ces élans,
Ces doux transports et ces soupirs brûlans
Qui vont s'éteindre à ce dernier asile
De la Pudeur étonnée et docile;
Ces doux égards, ces soins mystérieux;
Cet abandon de tendre confiance,
Que le Plaisir obtient de l'Innocence;
Et ce silence, intervalle amoureux,
Et ce repos au sein du sanctuaire,
Où la nature accomplit le mystère.
Éloignez-vous, profanes curieux,
La jeune Églé se lève épouse et mère;
L'heureux époux voit d'un œil radieux
De son bonheur l'empreinte virginale,

Garant secret de la foi nuptiale,
Dans leurs regards voilés et languissans,
De leurs plaisirs se retrace l'image;
Ces doux plaisirs ont charmé leur printems,
Leurs souvenirs charmeront un autre âge.

Or maintenant si nous voulons chercher
Sur quels rapports, par quelles sympathies,
Par quel aimant les ames assorties
De nœuds secrets se sentent rattacher
Au seul objet qui les a su toucher:
Comment, pourquoi, par quel effet physique,
Hors cet objet de préférence unique,
Le cœur, les yeux, les desirs et les sens
Ne voient plus de sèxes différens?
Hors cet objet, la nature est muette;
Tout ce qui plait, grace, beauté parfaite,
Charmes, attraits, esprit, vertu, talens,
Tout n'est plus rien, quand l'ame intéressée,
D'un seul objet occupe sa pensée,
Nourrit l'amour et vit de sentimens.
Toute autre envain est mieux faite et plus belle,

À plus d'esprit ; une autre n'est pas elle ;
Une autre envain possède plus d'appas :
L'œil ne les voit, le cœur ne les sent pas :
Un seul objet est l'objet de son culte.

Nous faudra-t-il dans les *affinités*,
Dans les rapports d'*homogénéités*,
Dans l'analyse et ses savans traités,
De ces effets chercher la cause occulte ?
Tenterons-nous, une loupe à la main,
De découvrir dans notre sang humain
Le magnétisme ou les animalcules,
Dans ces torrens vivantes molécules,
Pour expliquer par le fer et l'aimant
L'attraction de l'amante à l'amant ?
Ou créateurs de neuves théories,
Penseurs profonds, dirons-nous bien comment
Par le contraste et par les harmonies
Se forme un nœud appelé sentiment,
Qui réunit par un assortiment
Le brun gai, vif, à la blonde naïve ;
Le chatain tendre avec la brune active ;

La folle au sage et la sotte au savant ?
Si que chacun dans ce plaisant échange,
S'en va toujours cherchant ce qu'il n'a pas,
Et finirait, dans ce commerce étrange,
Par réunir un diable avec un ange.
Pour nous sauver de tout cet embarras,
En renonçant à tout savant système
Et deviner pourquoi l'homme seul aime,
Choisit, préfère et garde un sentiment,
Quand l'animal, sans choix, sans différence,
Rencontre et prend sans goût, ni préférence,
Serait-ce pas qu'esclave du moment,
Soumise aux traits d'une grossière flamme,
De la matière organique instrument,
La brute est brute, et vous avez une ame :
Vos sens, matière au terrestre séjour,
Ont des desirs, votre ame a de l'amour;
Elle seule aime et choisit et préfère;
Seule elle exige et promet du retour.
L'amour physique aurait peuplé la terre,
Il suffisait : l'autre vous appartient,
L'amour moral, à vous seul il convient :

Né dans le cœur, et fils de la pensée,
L'ame à ses choix est seule intéressée.
Seul il vous classe entre les animaux,
Au premier rang des êtres inégaux.
Comme eux, placés dans le commun système,
Vous végétiez, vous finissiez de même;
Mais distingués dans vos nobles amours,
Quand leurs regards sont courbés vers la terre,
D'un front levé contemplant l'hémisphère,
Vous mesurez les astres et leur cours;
Et dans les nœuds d'une union si belle,
Quand sous le dais de la voûte éternelle
Votre compagne a ses regards aux cieux,
Mieux partagé vous êtes plus heureux,
Vous la voyez et vous ne voyez qu'elle.

NOTES.

Page 2, vers 19.

Prouve un Dieu mieux que Clark et Nieuwentit [1].

Clark a fait un ouvrage où il donne les preuves de l'existence de Dieu, dites *à priori*, et tirées des argumens que fournissent la métaphysique et le raisonnement : Nieuwentit, moins lu, a tiré ses preuves des *Merveilles de la nature*, et sur-tout de l'anatomie des animaux. Le matérialiste répond que tout cela n'est que la matière arrangée, et par conséquent une des chances de ses combinaisons fortuites ; et comme il a à sa disposition l'éternité en durée et l'infini en nombre ; on ne peut lui démontrer négativement que la chance actuelle ne soit une des chances possibles, et il reste debout sur l'infini en nombre et l'infini en durée.

Les preuves morales me paraissent plus victorieuses. On ne peut nier une fin et des moyens sûrs pris pour arriver à cette fin ; et par conséquent un plan, un but et une direction vers ce but. Or la génération des êtres ne pouvait être assurée que par la sensation d'un attrait physique dont l'invitation est irrésistible. Il y a là évidemment une fin et un moyen : on ne peut pas dire que le hasard les ait réunis, parce que le hasard ne peut pas réunir un but fixe et une direction constante. Le hasard peut faire un livre en jetant des caractères d'imprimerie par la fenêtre ; mais le hasard ne peut pas faire une édition suivie de plusieurs exemplaires semblables.

Page 8, *vers* 10.

Fait dans son lit venir son Hécamède.

Les mœurs antiques telles qu'Homère les peint, et que nous appelons les tems héroïques, ne sont autre chose que l'état très-imparfait d'une civilisation commencée à-peu-près telle qu'on l'a retrouvée à Otaïti et dans quelques îles de la mer du Sud ; comme chez les *Eros* grecs, qui là s'appellent aussi *Erees*, l'amour est un des besoins physiques du héros, et rien de plus. Achille dit aux envoyés qui viennent lui prendre Briseis : *Manibus minimè dimicabo gratiâ puellæ* ; mot à mot, *je n'ai nulle envie d'aller me battre pour la fille.* Hécamède aux belles joues et aux longs cheveux, était la gouvernante du vieux Nestor ; elle allait se mettre à côté de lui dans son lit, *et accubuit pulchri-coma Hecamede.* Chacun avait une esclave pour faire son lit. Agamemnon, dit au père de Chriséis : Va t'en ; ta fille fera mon lit jusqu'à ce qu'elle soit vieille ; *adornabit lectum meum*, etc.

Si on veut se faire une idée de la première brutalité de ces tems héroïques, voici ce qu'Euripide fait dire par Clitemnestre à Agamemnon :

« Vous m'avez épousé malgré moi, et vous m'avez prise « de force, après avoir tué mon premier mari ; vous avez « jeté là l'enfant que je portais dans mon sein, après l'avoir « arraché violemment de mes entrailles. »

Page 8, *vers* 15.

Alors ce dieu n'était pas encor né. [3]

La première théogonie des anciens poëtes n'avait pas l'Amour comme divinité personnifiée. Ce n'est que longtems après qu'il paraît dans l'Olympe, et vraisemblablement lorsqu'il commença à être connu sur terre comme une passion morale, ce qui suppose un dégré de plus dans la civilisation. Tant que l'Amour ne fut qu'à appétit un besoin matériel, il ne méritait pas des autels. Les premiers rois donnèrent l'idée de Jupiter, la première femme régnante l'idée de Junon, les premières sciences créérent Minerve, et les premieres poésies chantées, Apollon et les Muses. Les premiers amoureux par sentiment moral et de préférence exclusive, se donnèrent un dieu, un patron, et lui bâtirent des temples. L'Amour ne fut placé dans le ciel que lorsqu'il fut connu sur la terre; et, comme les autres dieux, il fut l'apothéose d'une passion.

Page 12, *vers* 12 et 16.

Malgré les Grecs et les larmes d'Irène.[4]

Des moines grecs, et des nymphes en guimpe.[5]

Les derniers tems de l'empire grec à Constantinople furent la dernière époque de la dégénération de l'état moral et politique. La grande nation romaine n'avait plus ni énergie, ni vertus, tout se passait en intrigue du palais; et l'on sait que, tandis que l'empire réduit aux murs de Constantinople était assiégé par Mahomet II, on disputait dans la ville sur des subtilités théologiques.

Tout le monde sait aussi l'anecdote, peut-être romanesque, de cette jeune Irène, princesse bysantine, que Mahomet II *mit dans son sérail* : ses soldats mutinés se plaignaient de son inaction qu'ils attribuaient à l'amour : pour réponse, il fit venir Irène sur un balcon, lui coupa la tête et la leur jeta. C'était le premier signal du règne de la barbarie remplaçant celui de la lâcheté et de la nonchalance corrompue.

Il y a un mémoire intéressant à faire, « de l'in.

fluence de la conquête de Constantinople par les Musulmans, sur l'état moral et politique des nations chrétiennes de l'Europe. » C'est alors que les arts, les sciences y refluèrent, apportés par les grecs fugitifs : c'est alors aussi que les mœurs s'adoucirent, que les guerres furent moins atroces ; on ne massacra plus de sang-froid les prisonniers et les habitans des villes prises par un siège : les guerres furent moins cruelles, il se forma par les lumières acquises un tribunal d'opinion publique, duquel ressortirent la force et la puissance ; elles apprirent à compter avec *la philosophie* : elle obtint ce que le sacerdoce n'avait pas obtenu. Le christianisme était une *croyance*, c'est-à-dire, une opinion sans examen ; la philosophie était une religion morale discutée et approfondie, et par conséquent seule capable de former une opinion publique, tribunal *indéclinable* et irrécusable. On ne peut citer aucun livre de philosophie qui ait dit : *brûlez, massacrez* ; au nom de quelle religion ne l'a-t-on pas commandé plus d'une fois ? C'est la philosophie, c'est-à-dire, l'extension des lumières acquises, qui seule est l'antidote de ces poisons qui dégradent et détruisent les religions, l'intolérance, la superstition, le fanatisme et l'hypocrisie.

Il me semble que toutes les discussions sur ce point viennent de ce qu'on oppose sans cesse la religion à l'abus de la philosophie, ou la philosophie à l'abus de la religion, tandis qu'au contraire elles ont pour attribution de prévenir ou d'arrêter l'abus de l'une ou de l'autre.

Page 12, *vers* 21.

Et de leurs noms les chiffres effacés. [6]

Il y a bien ici anachronisme de quelques années; mais depuis celui de Didon, l'exemple de Virgile fait autorité.

Cette invasion des barbares du nord, précède celle des Turcs dans le midi de l'Europe; mais l'effet en fut très-différent; les hommes du nord n'apportèrent point une religion, ils n'en avaient point; et quand ils commencèrent à s'apprivoiser par la non-résistance des vaincus, ils prirent même la leur: ils n'avaient détruit que les monumens des arts et les dépôts des sciences. Effrayés et découragés, l'un et l'autre cessèrent de produire, et l'ignorance maintint et prolongea la barbarie; les femmes, sur-tout, retombèrent dans l'esclavage, et la grossière difformité de leurs nouveaux maîtres rendit le joug plus dur et sans dédommagement: la galanterie ne revint qu'avec les lumières qui rappellent la politesse et l'urbanité.

J.-J. a pu mettre en question s'il est bon d'éclairer un peuple qui ne l'est pas; mais quand il l'a été ou qu'il commence à l'être, il ne reste plus qu'à y jeter les lumières à grands flots; sinon n'y voyant qu'à demi dans un jour douteux, c'est alors qu'il s'égare dans toutes les fausses routes qui se présentent à lui, ou qu'on lui présente. Dans la nuit obscure chacun se tient immobile; au crépuscule on marche à tâtons, jusqu'au lever du soleil qui éclaire tout.

P. 14, *v.* 17; *p.* 16, *v.* 14; *p.* 19, *v.* 15; *p.* 27, *v.* 3.

L'autre établie aux climats africains. 7
Certain roi goth, Roderic appelé. 8
Bientôt le Maure arrivant en Espagne. 9
Leur dernier roi voulut répudier. 10

Tout ce qui suit sur la domination des Maures en Espagne, est historique. *Voyez* les ouvrages de Chénier et de Florian, *Histoire des Maures.*

On sait tout ce que l'Europe savante, policée, éclairée, doit aux Maures d'Espagne; mais on ne le sait pas assez généralement. Ils avaient reçu des Arabes et des califes d'Orient le germe des connaissances et de la civilisation. Ils les transplantèrent chez les Goths d'Espagne, qui, déjà, avaient hérité quelque chose des Romains qu'ils avaient remplacés. C'est de ce mélange que *naquit un peuple élégant et poli.* Les Maures cultivèrent les arts, les sciences, la médecine, et sur-tout l'agriculture, qu'ils portèrent à un très-haut point de perfection ; les anecdotes peignent mieux le caractère des hommes et des peuples. Un roi de Léon, en guerre avec le calife de Cordoue, était atteint d'un mal que ses médecins jugeaient incurable ; il se fit porter chez son ennemi, qui le garda honorablement pendant six mois, le fit guérir, et le renvoya avec des présens magnifiques ; ce qui ne dérangea pas les opérations de la campagne. L'histoire des Maures est pleine de traits semblables de grandeur d'ame et de générosité. Les alliances entre particuliers et même entre les familles régnantes furent très-communes ; les Maures Musulmans vainqueurs ne persécutèrent jamais pour fait de religion ; les Espagnols chrétiens furent beaucoup moins tolérans ; vainqueurs après une lutte de sept siècles ils firent des *autodafés*, et l'expulsion des Maures fut l'époque de la décadence de l'Espagne.

Page 33, *vers* 9 ; *Ibid.*, *vers* 13.

Quand une dame, officier général. "
La guerre aux rois qu'on aurait faite aux dieux. "

On sait que *Monsieur*, frère du roi, écrivait à des femmes qui avaient suivi sa fille à Orléans : *à Mesdames les comtesses-maréchales de camp dans l'armée de ma-fille, contre le Mazarin.* Il y eut un régiment levé sous le nom de *Mademoiselle* : les femmes joignaient à leur parure les écharpes qui distinguaient leur parti, et cependant *la société* réunissait ce que divisaient les factions. En sortant d'un souper et d'un bal, au point du jour on s'armait, on allait se battre l'un contre l'autre, et on revenait le soir au bal se raconter ses exploits de la journée.

C'est pour madame de Longueville que le duc de La Rochefoucault fit ces deux vers :

Pour mériter son cœur, pour plaire à ses beaux yeux,
J'ai fait la guerre aux rois, je l'aurais faite aux dieux.

Page 34, *vers* 13.

Il voulut voir cet Hercule du nord. [13]

Le maréchal de Saxe était fils d'Auguste, roi de Pologne ; l'un et l'autre, par leur force physique, rappelaient le souvenir des Hercules et de Thésée.

Page 36, *vers* 16.

Et ces billets payables aux porteurs. [14]

Anecdotes assez plaisantes de la fin du règne de Louis XV.

Page 37, *vers* 5.

Un jour il prit pour favorite en titre. [15]

Madame Dubari a peut-être été un peu sévèrement jugée : en passant condamnation sur sa moralité comme sur celle des Laïs, des Phriné, elle ne manquait pas de grâces dans l'esprit et en avait acquis dans les manières ; elle avait de plus une taille charmante et des yeux tels qu'on les donne à Vénus ; à son lever, elle se divertissait quelquefois à se faire apporter ses pantoufles par le grand-aumônier.

Ibid, *vers* 19.

Jean-Jacques vint, Émile avec Sophie. [16]

On ne peut refuser à Rousseau le mérite d'avoir opéré dans les mœurs une révolution qui leur a été avantageuse ; il mit la maternité à la mode, en la réconciliant avec les sentimens de famille et les devoirs de société.

Page 40, *vers* 8.

Un grave anglais dans un plaisant contraste. [17]

Nuits d'Young. Cette assertion est extrêmement fine et délicate, elle ne peut être admise que par les experts :

« Le plaisir est ardent, la débauche enivrante, le liberti-
« nage peut être joyeux, la volupté seule est pure. »

Page 43, vers 21.

Voyez Sergi demandant sa Sophie. [18]

Le *père de famille* de Diderot, dans ce drame et dans le roman (de l'abbé Prevot), *Manon Lescaut*, sont les deux seuls exemples du *maximum* de l'amour, passion plus forte que tout calcul, toute convenance, toute considération, tel enfin qu'il est à désirer de ne le point voir réaliser.

Page 57, vers 4.

On aime à voir le fier amant d'Inès. [19]

Tout le monde sait qu'Inès de Castro fut poignardée par l'ordre du père, de son époux, D. Pèdre, roi de Portugal. Le fils, devenu roi, saisit deux des meurtriers, et après de longs tourmens variés, encore vivans il leur fit arracher le cœur, à l'un par la poitrine, à l'autre par les épaules.

Page 61, vers 15.

Sont les essais de la société. [20]

L'homme sauvage, c'est-à-dire, avant la société formée,

ne s'est retrouvé ni chez les peuples de l'est de l'Amérique, où ils sont formés en nations, ni dans les îles de la mer du sud où la féodalité s'est trouvée établie, ni ailleurs que dans les terres australes, et sur les côtes de l'ouest de l'Amérique septentrionale. « Les familles « paraissaient fort unies, les femmes étaient occupées de « leurs enfans, et les hommes les aidaient dans ces soins « aimables. » (*III.e voyage du capitaine Cook.*)

FIN.

www.ingramcontent.com/pod-product-compliance
Ingram Content Group UK Ltd.
Pitfield, Milton Keynes, MK11 3LW, UK
UKHW031933260826
14628UKWH00004B/1596

9 782019 677220